DISCOVRS

FVNEBRE,

Prononcé en l'Eglise de Saint Pierre aux
Nonnes de Reims le xj. iour
de May 1629.

A l'enterrement du Cœur de feu Monseigneur
GABRIEL GIFFORD
*Archeuesque Duc de Reims, premier Pair
de France, Legat né du S. Siege
Apostolique.*

Par Messire HENRY DE MAVPAS Abbé
de Sainct Denys dudit Reims.

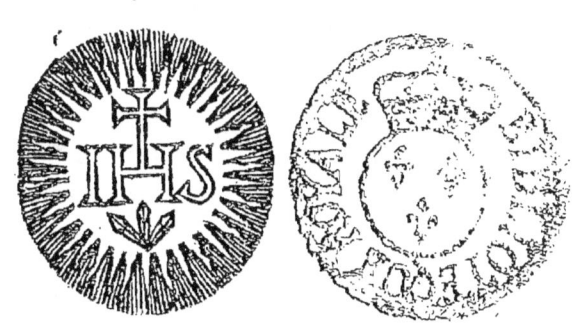

A REIMS,
Chez SIMON DE FOIGNY Imprimeur,
à l'enseigne du Lion.
1629.

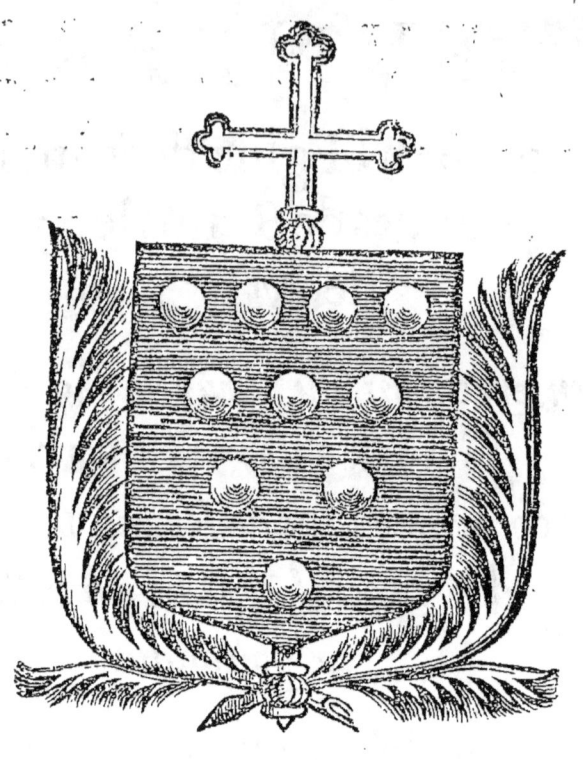

Mortuus est in senectute bona, prouectæ que ætatis, & plenus dierum, congregatusque est ad populum suum: & sepelierunt eum Isaac & Ismael filij sui in spelunca duplici, &c. Et post obitum illius benedixit Deus Isaac filio eius, qui habitabat iuxta puteum, nomine viuentis & videntu. Genes. 25.

DISCOVRS
FVNEBRE,

*Prononcé à l'enterrement du Cœur de feu
Monseignr* GABRIEL GIFFORD
*Archeuesque Duc de Reims, premier
Pair de France, Legat né du
S. Siege Apostolique.*

'IL EST vray ce qu'a
dit autrefois vn Ancien,
qu'il falloit vn Cæsar
pour descrire dignemét
les beaux faicts de Cæ-
sar; n'ay-je pas bien subiect de me
plaindre du sort, qui nous rauissant

noſtre grãd Paſteur, a eſtouffé quand
& luy ceſte excellente voix, qui eſtoit
l'vnique organe, capable de publier
ſes loüanges? au moins ſi ceſte voix
euſt peû ſuruiure à ſon treſpas, nous
pourrions eſperer, que comme elle a
touſiours honoré la verité par ſes ſuf-
frages, auſſi ne refuſeroit-elle pas de
dire hault & clair, qu'il faut que l'a-
mour & le reſpect ſe ſaiſiſſent de noz
cœurs, ayans vn Cœur deuãt les yeux,
dont l'image eſt celle des vertuz. O
mort! pourquoy faut-il que tu ſois
outrageuſe iuſqu'au poinct de nous
rauir encore les reliques d'vne voix?
pourquoy ne receurós nous au moins
ceſte conſolation au fort de noz deſ-
plaiſirs, d'entendre de ceſte voix, pour
derniere verité, les tiltres glorieux
qu'ont merité ſes vertuz? Cruelle! ne

te rédras-tu pas exorable à nos vœux,
puifqu'ils font fans confequence de
tes pretentions? ton empire n'en fe-
ra pas moins abfolu ; car fi par tes
conqueftes tu fais veoir que la vie
de l'homme n'eft que l'halenee d'vn
fon qui s'eft efuanoüy, aufli ne te
demandons nous que le fon leger
d'vne voix, qui frappant doucemẽt
nos oreilles, fe couleroit puiffam-
ment dans nos cœurs : Si les efforts
que tu pratiques dans la nature, font
paroiftre à nos yeux, que la vie de
l'homme n'eft qu'vn vent, qui fe
perd dans l'orage où il eftoit conceu, aufli ne voulons nous que le
vent d'vne voix qui nous aide à iu-
ger de la diuerfité d'vne naiffance,
qui faict entrer dans le partage des
miferes, & d'vne mort, qui faict vi-

ure à la gloire. Si toutes les hiſtoires
du monde nous preſchent que per-
ſonne ne peut ſe fouſtraire de la iu-
riſdiction de tes ſeueres loix, & que
les ſuperbes deſpoüilles des plus
grands de la terre, ne ſont que les
parures ordinaires de tes tombeaux;
Au moins qu'vne voix nous demeure qui nous aſſeure, que celuy
dõt le corps eſt en terre giſant dans
le cercueil, a ſon ame eſleuée dans vn
throſne de gloire au Royaume des
Cieux: Mais non, n'attendõs point
ceſte office d'vn ennemy ſans pitié,
comme eſt la mort, puiſque malgré
ſa tyrannie il faut que le merite de
noſtre grãd Prelat triomphe de ſon
inſolence ; car ſi la mort luy a ioinct
les mains, interdiſant leur vſage,
tout vn peuple en eſchange ioindra

ſes mains auſſi bien que ſes vœux,
pour demáder à Dieu, qu'il luy don-
ne les recompenſes, qu'ont merité
ſes trauaux : Si la mort luy a fer-
mé les yeux, tout vn peuple en eſchange ouurira les ſiens pour teſ-
moigner par ſes larmes le reſſenti-
ment de ſa perte : ſi la mort impoſe
le ſilence à ſa voix, tout vn peuple
en eſchange d'vne commune voix
accuſera le ſilence d'eſtre iniurieux
au ſouuenir de ſes merites, & publie-
ra hautement, qu'il eſt impoſſible
d'eſtimer la vertu, & de taire les a-
ctions de ce grand Archeueſque.

Pour moy ie ne pourrois iamais
eſperer que ma voix peuſt ſuffire à
payer dignement le tribut de loüanges que ie dois à la memoire de ſes
vertuz, n'eſtoit que i'ay deſia preſ-

A iiij

senty que les voix & les acclama-
tions publiques de tout ce grand
peuple, r'animeront la foiblesse de
mes accents, en sorte que si mes paroles ne doiuent faire qu'vne legere
batterie dans vos oreilles, au moins
la grandeur de mon subiect ne peut
manquer de faire l'impression qu'elle
doit au milieu de voz cœurs, puis-
que l'affectiõ que vous luy portiez,
estant fondée sur l'estime veritable
que vous faisiez de son merite, ne
peut mourir auec luy, & ne peut
souffrir sans violence qu'on vous
dise qu'il soit mort, ce digne subiet
de vos affections.

C'est ce qui m'asseure que vous
fauoriserez mõ dessein, si ie dis que
sa memoire est affranchie du tombeau, & que les trois periodes qui

partagét la vie de tous les hommes,
ont partagé les moments de la sien-
ne, pour les reünir auec vn aduan-
tageux surcroist de gloire au poinct
de l'immortalité. *Nasci, Laborare,
Mori,* Naistre, Trauailler, & Mourir, sont les trois qualitez insepara-
bles de la conditiõ des hómes, aussi
serõt-ce les trois points qui partage-
ront ce discours, puisqu'ils sont ad-
mirables dans l'ordre de la vie, dont
nous allõs vous faire vn raccourcy.

Il nasquist donc feu Monseignr^{NASCI.} Gabriel Gifford Archeuesque de
Reims l'an 1555. il estoit de la maison
des Giffords, l'vne des plus nobles,
& des plus anciennes de toute l'Angleterre, & d'autát plus illustre, qu'elle a signalé sa noblesse par le merite
de la vertu, qui a esté autant heredi-

taire aux defcendans de cefte illuftre
Maifon, que la grãdeur qui a toufiours accompagné leur naiffance.
Elle a toufiours efté conftante dans
la foy Catholique parmy les cruel-
les perfecutiõs de l'Angleterre; comme vn rocher qui ne s'efbranle iamais par la tourmente ; comme vne
palme qui ne fe laiffe iamais atterrer
foubs le faix qui l'accable ; comme
vne rofe qui refpand l'odeur de fes
parfums au milieu des efpines; comme la perle qui ne laiffe pas de pren-
dre fon poly, & fon prix dans le
mefpris & l'outrage du plus furieux
de tous les elements: & fi cefte Maifon a fait paroiftre de la conftance
dans l'orage des perfecutions, quelle
penferiez-vous qu'a efté fa vertu
dans le calme de fes grandeurs? De

ceſte Maiſon ſont ſortiz de grands
Prelats d'vne tref-entiere reputation, entre autres, vn nommé Guillaume Gifford Eueſque de Vince-
ſtre, & d'autres, qui ont faict baſtir
des celebres Abbayes, teſmoin celle
de Longueuille en Normádie. L'on
dit vne choſe memorable de l'en-
fance de noſtre Prelat; Quelqu'vn
donna vne Croix à ſa mere, & luy
conſeilla de la garder pour ſon fils
Guillaume (tel eſtoit ſon nom de
Bapteſme, & Gabriel celuy de Religion) luy prediſant qu'vn iour il ſe-
roit eſleué à quelque grande dignité de l'Egliſe; c'eſtoit vn double pre-
ſage de ſa grandeur, & de ſa pieté: Sa
grandeur eſtoit marquee par ceſte
Croix, qui faiſoit deſia naiſtre des
ſecrettes eſperances de le veoir vn

iour honoré de la Croix Archiepiſ-
copale:Sa pieté eſtoit auſſi marquée
par ceſte meſme Croix, qui rendoit
deſia teſmoignage de la deuotiõque
noſtre Prelat porteroit à la Croix,
& à la Paſſion du Fils de Dieu, dont
il a touſiours treſcherement honoré la ſouuenance.

C'eſt ainſi que nous apprenons
dás les memoires de l'hiſtoireque les
progrez des perſonnes qui ſe font
rédues ſignalées en quelque profeſ-
ſion que ce fut, ont eſté d'ordinaire
preſagez dés leurs bas aage par quelque extraõrdinaire aduanture. Vn
Poëte autant excellét en Poëſie qu'il
a eſté diſſolu en ſes vers, dict qu'en
ſon plus bas aage eſtát ſur vne mon-
tagne de la Poüille, des Pigeons Ra-
miers luy vindrent enuironner la te-

Horat.
lib. 2.
Carm.

fte de brâches entretiffuës de laurier
& de myrte; le Laurier tefmoignoit
fa Poëfie, & le Myrte, fon humeur &
fa complexiõ. Mais laiffons ces con-
tes profanes, & quand nous parlons
de la naiffance d'vn grand Prelat,
n'ayons point de moindre exemple
deuant les yeux que de deux Sainêts
Prelats, l'vn Euefque de Myre, &
l'autre de Milan; S.Nicolas Euefque
de Myre, eftant encore à la mamelle,
s'abftenoit de prédre le lait certains
iours de la fepmaine, ce qui eftoit vn
vifible prefage de fa future fainête-
té, & que fa vie feroit comme elle a
efté, vne cõtinuelle profeffion d'ab-
ftinence. Sainêt Ambroife Archeuefque de Milan, gifant encore au
berceau, fut entouré d'vn effain d'a-
beilles qui fe ramaffant fe poferent

fur fes leures, & en partant y laiffe-
rent de leur miel; c'eftoit vn pro-
gnoftique de fon Eloquence, & de
l'agreable douceur qu'il deuoit faire
couler dans fes difcours : De mefme
noftre Prelat receuant cefte Croix,
qui luy fuft deftinee en fa premiere
ieuneffe, receuoit & donnoit vn prefage, qu'vn iour il feroit admirable
en l'acquit de l'eminente charge, en
laquelle il porteroit la Croix dans
fes mains & dans fes œuures, comme
il l'auoit grauee au milieu de fon
Cœur. Philon raporte que le Ty-
gre venât au mòde, tourne les pieds
de deuant du cofté du Soleil leuant,
d'où vient que les Indiens font eftat
feulement de cefte partie qui à re-
gardé le Soleil, & ne touchent iamais au refte. Mais nous, quel eftat

Philo-
ftrat.li.
II.c.II.
pag.80.

deuons nous faire de celuy, qui ve-
nant au monde, viuát dans le monde, & en partant du monde, a touſiours porté les pieds de deuant, c'eſt
à dire les premieres affections de ſon
ame, non pas du coſté de l'orient des
grandeurs du monde, mais bien du
coſté du Soleil ſe couchant en la
Croix dans l'amertume de ſes ſouf-
frances?

Paruos non aquilis fas eſt educere fœtus,
  Ante fidem ſolis iudiciumq; poli.

Eſtant donc deſtiné comme vn
ieune Aiglon pour enuiſager le Soleil, il quitte ſon pays fort ieune, &
prend ſon eſſor pour s'eſleuer dans
l'intelligence des ſciences, en quoy
il a ſi heureuſemét reüiſſy qu'à l'aage
de vingt & vn ou vingt & deux ans
il fut faict Docteur en Theologie

en l'vne des plus floriffantes Aca-
demies de l'Europe, qui eft celle du
Pont à Mouffon en Lorraine, en laquelle nous auós encore veu ces dernieres années, l'vne des plus grandes lumieres de l'Eglife, & l'vn des
premiers ornements de noftre Siè-
cle Monfeigneur Nicolas François
Cardinal de Lorraine auoir pris des
grades, & auoir honoré par fes doctes difputes de Philofophie, & de
Theologie, les mefmes Efcoles où
feu Monfeigneur noftre tref-digne
Archeuefque auoit mis au iour les
premiers tefmoignages de fa capa-
cité. De cefte Academie noftre Prelat vint en celle de Reims, qui à dif-
puté de la gloire auec les premieres
du móde, comme vne fille bien née,
qui ne pouuoit defmétir l'honneur
de

de fa naiſſance, eſtant fille de la Sor-
bonne, mere des Vniuerſitez. Eſtant
donc arriué dans ceſte celebre Vni-
uerſité de Reims, il s'employa à la
Regence de la ſacrée Theologie, où
autant qu'il auoit d'auditeurs, autant auoit-il acquis de teſmoins qui
admiroient, & publioient par tout
ſa profonde doctrine. La reputation qu'il s'acquiſt, luy fit faire vne
cóqueſte generale des cœurs de tous
ceux qui en receuoient la nouuelle,
horſmis des heretiques, dont l'ha-
lene eſt ſi contagieuſe, qu'elle change en poiſon le ſuc que les chaſtes
abeilles recueillent ſur les fleurs; tellement qu'il ſe pratiquoit en meſme temps l'amitié des peuples fideles, & la haine des principaux d'Angleterre: de ſorte que n'oſant iamais

B

retourner en son pays que fort se-
crettement, il perdit tout ce qu'il
auoit au monde, pour ne perdre
point la perle Euangelique de nostre saincte Religion.

C'est icy qu'il faudroit vne Rhe-
torique du Ciel pour louer dignemét ce courage d'Apostre, qui trans-
porté du zele qu'il auoit au seruice
de Dieu, a genereusement repudié
les honneurs, & les auantages qu'il
pouuoit pretendre sur terre, pour
embrasser la Foy. Estant donc comme banny de son pays, il voyagea en
Italie par trois fois, & fust pour vn
temps domestique de Saint Charles
Borromée en qualité de son Theo-
logal. Dans ceste eschole de vertuz
il apprit celles qu'il a depuis prati-
quées durant sa vie; & quand en ses

dernieres annees il faisoit quelque grande austerité, si l'on vouloit l'en destourner (craignant que ses rudes penitences n'apportassent vn trop notable preiudice à sa santé) il alleguoit pour sa defense l'exemple du grand S. Charles, que d'ordinaire il auoit deuant les yeux. Tel estoit le pouuoir que l'exéple du bien auoit sur cest esprit, qui suiuoit à l'odeur la piste des vertuz, comme les chastes colombes se laissent attirer à la douceur des parfums.

A pres son retour de Rome, il fut Doyé & Chanoine de l'Isle en Flandre ; mais voulant se donner entierement à Dieu, il quitta de son plein gré ces Benefices, & renonça absolument à toute sorte de biens temporels, pour se faire pauure Reli-

gieux de l'Ordre de S. Benoiſt; où il
faut remarquer , que nonobſtát ſon
admirable doctrine,& ſon aage deſ-
ja auancé,il fit neantmoins ſon No-
uitiat exactement comme le moindre de tous ; de ſorte que dans ceſte
Maiſon Religieuſe, il eſtoit comme
les corps que l'on met dans vne pla-
ce dediée à Iupiter ſur vne certaine
montaigne d'Arcadie, où l'on dict
qu'ils ne rendent iamais d'ombre;
auſſi ne faiſoit-il rié paroiſtre d'obſ-
cur en ſa vie, au contraire il y veſcut
auec tant d'auſterité, & auec vne reputation ſi grande de pieté, qu'en
ſuitte de cela il a donné commencement à deux Maiſons de ſon Ordre,
l'vne à Sainct Malo en Bretaigne,
l'autre à Paris : où il a preſché qua-
torze ans auec vn applaudiſſement

Pauſ in Arcad. Græca edit. p. 269.

si general de tout le monde, qu'il
s'est acquis par son merite le nom de
Pere Benedictin par excelléce. C'est
icy qu'il faut que nous venions du
commencement au progrés , & que
du premier periode de sa vie , où
nous auons consideré sa doctrine &
sa reputation encore naissante, nous
passions au second de son aage, que
nous considererons dans la constan-
ce de ses penibles trauaux. *Nasci,*
Laborare.

Mais quand ie parle de ses trauaux, Labo -
ne vous figurez point en la pensée RA
vn labeur ingrat comme est celuy
des mondains, qui se consomment
dans des trauaux qui n'ont que la
vanité pour obiect , ainsi que l'a-
raignée qui va & vient ça & là tout
le long du iour pour vaquer à la tis-

sure d'vne legere toile, dont l'ouurage est autant laborieux, que l'effect
en est inutile : de mesme la pluspart
des hommes trauaillent quasi sans
relasche, se mettent en queste pour
auoir des biens, recherchent des ri-
chesses, n'espargnent point leurs
peines, & se donnent la gesne pour
l'interest de leur famille, & au bout
du compte n'ont rien faict que le
chetif ouurage d'vne vile araignée.
*Et non intelligimus, quod araneæ telam
teximus*, disoit mon glorieux Patron

*S. Aug.
in Psal.
89.*

le grád Saint Augustin. Mais quand
ie vous parle des trauaux de nostre
grand Archeuesque, faictes reuiure
dans vos pensees la memoire des laborieux exercices de ces premiers
Prelats qui ont planté le phare des
vertus, & le flambeau de la doctrine

sur le chandelier de l'Eglise : Imaginez vous qu'apres que par la cognoissance que l'on eut de son merite il fut fait Suffragant de feu Monseignr le Cardinal de Guise, il visi- *Placuit* toit le Diocese de Reims, preschât & *grex totus ab* catechisant par les villages quelque- *uno.* fois iusqu'à sept & huit fois par iour, nonobstât vne tref-grande incommodité qu'il auoit. Il a confirmé vn nombre presque incroyable de personnes : il a consacré des Eglises, & a fait tous les offices d'vn bon Pasteur parmy vn peuple qui estoit tellement dans la necessité de ce secours, que iamais il n'auoit ny veu, ny ouy parler d'vn Euesque. Qui est-ce qui pourra ne pas admirer en ceste rencontre le zele & l'humilité tout ensemble de ce digne Pasteur, de ce

Discours funebre.

Pere commun de tous les peuples de
son Diocese? de dire que celuy qui
dans la premiere ville du monde oc-
cupoit les premieres Chaires en pre-
sence de noz Rois, & de qui l'on pouuoit dire dans Paris, *Hâc fulmen ab
arce venit*; n'ait pas desdaigné de pres-
cher de là en auant dans de chetifs
villages, & que celuy qui estoit ac-
coustumé de repaistre ses Auditeurs
des mets exquis, & des viandes soli-
des de sa profonde doctrine, n'ait
pas eu à desdain de faire l'office d'v-
ne bonne nourrice, pressant la mamelle de l'Escriture saincte, pour en
faire couler le laict de la parole de
Dieu dans les cœurs de ces pauures
ignorants, leur pouuant dire comme l'Apostre S. Paul, *Lac vobis potum
dedi non escam.* Quelle profonde hu-

1. Cor. 3

milité dans vne doctrine si eminéte!

Ie me souuiens (MESSIEVRS)
qu'estant encore petit garçon dans
les Pays bas, où ie fus enuoyé pour *L'an*
commencer mes premieres estudes, 1615.
d'auoir ouy dire à vn grand personne-
nage Anglois (soubs la conduitte
duquel i'ay eu l'honneur d'estre esle-
ué quelque temps, & qui autrefois
auoit honoré de sa Regence noz Es-
cholles de Theologie de S. Denys)
que Monsieur Gabriel Gifford (ainsi nommoit-il pour lors celuy que
nous auons appellé depuis nostre
Archeuesque) estoit peut-estre le
plus grand Theologien, que nous
eussions cogneu depuis S. Thomas
d'Aquin, ce grand Maistre de l'Es-
cholle. Ce tesmoignage tout seul
d'vn si grand personnage en vau-

droit dix mil autres; mais il estoit appuyé du consentement general de tous les Doctes. Et dans Paris les plus curieux, qui bien souuét n'escoutét les Sermons que pour les faire passer souz le controlle de leur censure, disoient (parlans du Pere Benedictin) qu'il falloit aduoüer ingenuëment que c'estoit vn abysme de science.

Science neantmoins qui estoit temperee par vn sentiment d'humilité si cognuë, qu'il ne laissoit pas de communiquer familierement auec les plus ignorants, taschant de les rendre capables de sa doctrine, semblable en ce poinct à certains oiseaux dont parle Solinus, qui ont le pennache si luisant, que les habitás de ces contrées marchent la nuit, & trauersent les plus espois-

Solinus Polyhi-stor.pag 68.edu. Pict.

ses forests à la faueur de la clarté que
rendent leurs plumes. Ainsi nostre
Prelat faisant esclatter son sçauoir,
perçoit l'obscure nuict de l'ignoran-
ce, & faisoit que les plus grossiers
mesmes pouuoient marcher auec
seureté à la faueur des lumieres qu'ils
receuoient de sa doctrine : *Mundo*
sua sydera prasunt.

En fin la reputation de son merite se faisant iour par tout, nostre
grand Roy Tres-chrestien L o v i s
le Iuste le fit estre Archeuesque de
Reims, par vn effect signalé de sa Iu-
stice distributiue, qui est celle qui
regarde particulierement l'auguste
ministere des Rois. Il ne faut donc
pas croire que iamais nostre Archeuesque eut peu trouuer entrée dans
ce temple d'honneur par autre por-

re, que par celle de la vertu. Il ne faut
pas s'imaginer que ceste sublime Dignité luy soit escheuë comme les
couronnes, qui au rapport de Plu-
tarque, tomberent par hazard & par
pure faueur de la fortune, sur la te-
ste d'vn certain Timoleon, lors qu'il

Plin li
cap. 15. y pensoit le moins. Ne vous figurez
point ceste palme d'Auguste, qui nas-
quit fort soudainemét d'elle mesme;
mais bien souuenez-vous de ce qu'a
dict vn Poëte Grec, Τῆς δ᾽ἀρετῆς ἰδρῶτα

Hesiod. Θεοὶ προπαροίθεν ἔθηκαν Ἀθάνατοι. que les dieux
ont mis la sueur deuant la vertu, &
le labeur deuant le fruict de la volu-
pté; Et comme disoit vn autre,

Avia- *Non sine supremo magna labore peti.*
nus. Estant ainsi arriué à ceste Dignité
par les marches de ses labeurs, il con-
tinua auec vne grande ferueur d'es-

prit les mefmes exercices qu'il pratiquoit auparauant, iufques à tant
que fe voyant abbatu par la violence des maladies, qu'il auoit contra-
cté par fes extraordinaires trauaux,
il fut contrainct de fe repofer, mais
d'vn repos ennuyeux, qui luy mettoit fouuent les plaintes en la bou-
che en prefence de fes domeftiques,
& de fes meilleurs amis, de ce que
fon aage & fon incommodité ne luy
permettoient plus de trauailler. En-
cores ne laiffoit-il pas pourtant au
preiudice de fa fanté, & contre l'ad-
uis des Medecins, de faire toufiours
quelque chofe des fonctions Archi-
epifcopales; tantoft donnant les Or-
dres, tantoft s'employant à quelque
autre femblable miniftere; en vn
mot tefmoignant par fes actions,

qu'il n'y auoit que la mort qui peut
limiter la carriere de ſes trauaux:
ſemblable au Soleil qui roule ſans
ceſſe, & n'interrompt iamais la ſuitte de ſes courſes ; ou bien comme le
cœur, qui ne finit iamais ſes mou-
uemens, qu'au dernier ſouſpir de la
vie.

Max
celſus
ab alta
infra te
cernes
hominū
genus.

  Que diray-ie icy des rares vertus
qu'il a ioint pour ornement à ſa dignité d'Archeueſque, auec laquelle
il a preſque touſiours rendu cōpati-
ble l'obſeruāce de la reigle de Sainct
Benoiſt? Il en portoit l'habit, il ieuſ-
noit les Aduents, & autres iours
commādez par la reigle, il ſe leuoit
la nuit pour prier Dieu, hors-mis
depuis ſes grandes infirmitez de ma-
ladie ; il ſe donnoit la diſcipline ſi
extraordinairement, & ſi ſouuent,

que ses domestiques ont esté con-
traints plusieurs fois de luy en ca-
cher les outils. C'estoit la seule chose
qui pouuoit troubler le calme de
cest esprit, car il se mettoit en cho-
lere iusqu'à tant qu'on luy eust rendu ses disciplines, ne voulant point
receuoir de moderation à la rigueur
de ses penitences.

Il me faudroit des années quand
ie ne voudrois dire nuëmét que les
les actiós particulieres de ses vertus,
aussi ne suis-ie pas en deliberatió de
l'entreprendre; seulemét vous diray-
je qu'il estoit tellemét mortifié, que
mesme long-temps auant sa mort il
s'empeschoit à dessein par abstinéce
de máger des viandes delicates, estát
mesme dans les festins.

Si ie veux parler de ses liberalitez,

combien de perſonnes dans Reims
m'en ſeruiront de teſmoins? il faiſoit de grãds biens aux pauures hon-
teux de la ville, & aux autres auſſi,
encore qu'il n'euſt pas grand reue-
nu, & que ſes charges ne fuſſent pas
petites. L'on ſçait de bonne part
qu'il a donné pluſieurs fois des ſom-
mes notables, iuſques à cent eſcus,
deux cents eſcus, mil liures pour vne
ſeule aumoſne : Ce ſont choſes que
ie ne puis taire, puiſq; le Fils de Dieu
noſtre Maiſtre m'apprend par l'exemple de la Magdeleine, que le merite de l'aumoſne ne doit iamais
eſtre diſſimulé par le ſilence : *Ubi-*
Matth. *cumque prædicatum fuerit hoc Euange-*
26. *lium in toto mundo, dicetur quod hæc fe-*
cit in memoriam eius. Combien de ri-
ches preſens faiſoit-il aux Egliſes?
com-

combien employoit-il de ſes ren-
tes à des œuures de pieté? Il diſtri-
buoit ſes deniers aux pauures par ſes
propres mains: il faiſoit arreſter ſon
caroſſe par les ruës, quand il rencon-
troit vn pauure qui luy demandoit
l'aumoſne, & la luy dōnoit. Sēblable
à vn certain Luerius PrinceGaulois, *Poſſi-*
qui ſe faiſoit mener dans vn chariot *donius*
donnant liberallement à tous ceux *A then.*
qu'il auoit en rencontre. Peuple de *lib. 4.*
Reims, ſi vn Serapion pour eſtre li- *Pauſan.*
beral à ſon peuple, a merité qu'on *in Ælia*
luy erigeaſt des ſtatuës; pourrez- *lib. 11.*
vous bien ne pas dreſſer dans voz
cœurs des images à la memoire des
bienfaicts que vous auez receu de
ce grand Archeueſque? Et ſi la ſeule volonté de bien faire merite quelque recognoiſſance, quel reſſenti-

C

ment aurez vous pour celuy qui ne vouloit desbiens, que pour secourir à voz necessitez.

Si ce Cœur estoit entamé (MESSIEVRS) & que les caractares de ses sentimens se peussent rendre visibles à voz yeux, vous y verriez des monumens de l'affection passionnee qu'il auoit à vostre seruice. Ne sçauez-vous pas, ouy dea, vous le sçauez, que son humeur estoit si debônaire, qu'il ne pouuoit faire mal à personne, & se plaisoit à faire du bien à tout le môde, mesmes à ceux qui luy vouloient du mal. Il estoit naturellement enclin à oublier les iniures; il pardonnoit aisément : & quand sa charge l'obligeoit à chastier quelque delinquant, les larmes luy tomboient des yeux. Il n'y a pas

long temps que quelque perfonne
irreprochable me difoit, que s'il y
pouuoit auoir quelque chofe qui
peût aucunement ternir la memoire d'vn fi bon Prelat, c'eftoit peut-
eftre d'auoir eu vn peu trop de mi-
fericorde, & de n'auoir pas chaftié
affez feuerement ceux qui le meri-
toient. O heureufe faute! de n'auoir
peché que par excés de clemence.

Mais ce qui eft admirable, c'eft
d'auoir peu rendre compatible vne
humeur traictable, comme eftoit la
fienne, auec vne tref-grande feue-
rité qu'il a toufiours tefmoignée
contre les ennemis de la Foy. L'on *Horus*
dit que le Crocodile, malitieux ani- *Niliac.*
lib.2,
mal, eftãt frotté des plumes de l'Ibis, *77.*
oifeau fi renommé parmy les Egy-
ptiens, deuient immobile, en forte

qu'il n'eſt plus à craindre. Ainſi noſtre Prelat ayant frotté de ſa plume,
Lingua mea calamus ſcribæ: Ayant diſ-
je eſtourdy le monſtre de l'hereſie
par la force de ſon rare ſçauoir, &
de ſon eloquence, il l'auoit rendu
meſpriſable. Et comme Pelagius
auoit eſté deferé par vn S. Auguſtin,
Iouinian par S Hieroſme, Arrius
par le grand Athanaſe: De meſme
Caluin a eſté puiſſamment refuté
par noſtre grand Archeueſque, qui
auoit couſtume de l'appeller Maiſtre Iean, par vn tiltre de meſpris,
rendant ſon nom autant ridicule
que ſa doctrine.

Et ſi vous demandez auec quelles
armes il a vaincu ce monſtre, ç'a eſté
auec des armes, à quoy rien ne reſi-
ſte, *Sydereo clypeo, & cæleſtibus armis:*

Pſal. 44.

Non vl-
tima la⁹
eſt pro
Dño pu-
gnaſſe
ſuo.

I'entens la faincte Efcriture, dont il auoit vne fi parfaicte intelligence, qu'il en fçauoit par cœur la meilleure partie, & en recitoit quantité de paffages fans ouurir les liures, auffi auoit-il la memoire fort heureufe, par ce qu'il l'exerçoit tous les iours dans vne frequente lecture, & vne eftude fort affiduë.

De cefte haine qu'il auoit conceu côtre l'herefie, & côtre les ennemis de l'Eglife (de laquelle il a toufiours efpoufé les interefts, au preiudice des fiens propres) s'augmétoit tous les iours l'affection qu'il auoit voüé dés long temps au tref-humble feruice de noftre grand Roy, de forte que quand il receuoit des nouuelles des victoires de fa Maiefté, particulierement ontre fes fubiects rebelles, il pleuroit d'aise, & ne pouuoit diffimuler la ioye qui naiffoit dans fon Cœur.

.Meflieurs de Reims, puifque, graces à Dieu, nous auons la reputation & l'effect d'eftre bons & fideles fubiects de noftre Roy, embraffons ce Cœur; puifqu'il a efté la vraye image du zele qu'vn bon fubiect doit auoir au feruice de fon Roy, & ne permettós pas que ce Cœur ait d'autre tombeau que noz cœurs. Mais quoy! la mort qui faict violence à nature, nous l'arrache des mains, & m'oblige à mefme temps de me faire violence, pour me retirer de ceft entretien qui me rauit au recit de fes trauaux, qui ont fait la feconde partie de fon aage, & de mon difcours, *Laborare*, afin de le finir par la fin de ſa vie, *Mori.*

Imaginez-vous donc qu'à la fin
de ſes iours il a touſiours perſeueré
dans les meſmes ſentimens de la deuotion particuliere qu'il auoit porté durant ſa vie à la memoire de la
Paſſió du Fils de Dieu, & de la Vierge ſa Mere. Il auoit deſiré mille fois
de mourir le iour du Védredy ſaint;
s'il n'en a eu la faueur toute entiere,
au moins eſt-il mort en la meſme
Semaine, afin que cóme ſa naiſſance auoit eſté ſignalee par la Croix,
dont nous auons parlé, auſſi ſa mort
ſe reſſentit du voiſinage de la Croix,
eſtant ſi proche de celle de ſon Maiſtre. Il deſira que la Vierge, qui auoit
eſté preſente à la mort du Fils de
Dieu, daignaſt l'aſſiſter en la ſienne.
Il auoit en ſa chambre vne deuote

Image de la Mere de Dieu, deuant
laquelle il faifoit tous les iours fes
prieres arroufées de larmes, appel-
lant la Vierge fa bonne Maiftreffe:
Il auoit vne extreme confiance en
elle, & n'en parloit iamais qu'a-
uec vne grande tendreffe de cœur,
bien fouuent les larmes aux yeux, &
a continué cefte deuotion iufques
aux derniers foufpirs, de forte qu'il
eft à croire qu'ayant efté fi deuot à
la Vierge: la Saincte Vierge, à qui
iamais on ne fait de feruices mal re-
cognuz, l'auoit honoré de quelque
reuelation, ou bien de quelque vi-
fion, ou pour le moins de quelque
extraordinaire fentiment, luy pro-
mettant vne particuliere affiftance:
& ce qui nous follicite d'engager en
ce poinct noftre creance, c'eft que

peu de temps auant fa mort, addreffant fes prieres à la Mere de Dieu , il repeta par trois fois ces paroles d'vn courage nompareil ; *Adiuua me, quia tu promififti mihi : Adiuua me , quia tu promififti mihi.*

Eftant donc muny de l'efperance de ce fecours, il n'y a point dequoy s'eftonner, fi ie dis que c'eftoit vne chofe admirable de veoir comme il eftoit refigné à la mort. Mais ce qui eft de memorable, c'eft que deux iours auant fon trefpas il fembloit auoir abfolument perdu le fentiment de toute autre chofe, horfmis de fon falut ; de forte que quand on luy parloit de Dieu, de la Vierge, ou de l'eternité, il reprenoit force pour frapper fa poictrine , efteuoit fes mains au Ciel, tefmoignant que le peu de vie & de mouuement qui luy restoit, ne pouuoit estre consacré à d'autres vsages, qu'à rendre ces derniers hommages à son Dieu. Vn tres-habile hôme Religieux, qui l'a assisté à la mort, m'a dit qu'il croyoit que ceste ame n'agissoit plus en ceste extremité, que par la force des loüables habitudes qu'elle auoit côtracté dans le frequent exercice des vertuz.

C'est ce qui nous faict esperer que la mort n'aura esté pour luy que l'occident de ses miseres, & le leuant de l'immortalité, le couchant de ses peines, & l'orient de ses palmes. Il ne faut donc pas s'estonner, si iamais on n'a veu ce grand Prelat agité des apprehensions de la mort, si ceux qui portent sur eux l'herbe nom-

mee Sistrum, ne sont point subiects *Arist in*
aux frayeurs: beaucoup moins le de- *vet cod.*
uoit estre celuy qui portoit le sim- *inn. de*
ple de la Croix planté dedans son *flumin.*
Cœur. Aussi la mort est-elle com-
me l'officier du grand Pere de famille, qui ne coupe auec effort dans
la forest du monde que ces grands
arbres, qui ont des fortes racines at-
tachees à la terre : Mais nostre Prelat estoit comme vne fleur que le
seruiteur couppe legeremét de l'on-
gle, la reseruát pour presenter à son
maistre; ou bien comme le fruict sa-
uoureux qui se laisse cueillir de luy-
mesme, quand il arriue au poinct de
sa maturité.

Il passe donc, & s'en va receuoir *Nil hu-*
la recompense de ses trauaux, ce- *moror dū*
pendant que son Eglise demeure *super astra feror.*

dans les regrets d'auoir perdu son Pasteur: regrets quelle continueroit tousiours, n'estoit que pour essuyer ses larmes, elle a desia ietté les yeux sur ce grand Prince Monseigneur Henry de Lorraine, qui vient par les voyes de l'honneur & du merite entrer dans la succession de ses vertuz, aussi bien que de sa dignité; afin que tout le monde sache que comme il faut vn Soleil pour esclairer l'vniuers; aussi le Clergé de Reims, l'vn des plus celebres de France, ne peut auoir pour Chef qu'vn personnage, en qui la condition, la doctrine, & la vertu en concurrence facent vn assemblage de grandeurs, qui puissent eterniser sa gloire. Ce sont les vœux que ie fay du meilleur de mon cœur, ne desirant rien plus, que de

veoir rendre immortel l'honneur
de ma patrie.

FIN.

Non omnis moriar, multaque pars mei
Vitabit Libitinam.
Horat.Od.28.l.3.Carm.

L'IMPRIMEVR.

VN curieux Auditeur de ce Difcours, l'ayãt
fidelement recueilly par efcrit de mot à
autre : & me l'ayant mis en main pour le communiquer à plufieurs Gens de merite, qui defi-
roient l'auoir ainfi qu'il a efté pronõcé : Ie m'en
acquitte, & le rends de mefme par l'entremife
de ma Preffe, en attendant quelque autre occa-
fion de les feruir.

EPIGRAMMA.

PRæsulis Encomium cecinit, dum Præsul & alter:
  Dignus honore fuit Præsul vterque suo.
Ille quod excelsa moriens virtute refulget:
  Doctrinæ linquens, & pietatis opes.
Hic verè tam doctus, quantùm pietate coruscans,
  GIFFORDI laudes, dum docet, ipse suas.

C. D.

SVR CE DISCOVRS, PRONONCE' DEVANT
les Dames Religieuses de S. Pierre.

EPIGRAMME.

ADmirable Discours, dont les rares appas
  Reléuent GABRIEL des rigueurs du trespas:
Ah! que vostre front porte vn riche caractere!
Mais comment pouriez vous estre moins precieux?
Puis qu'en vous adressant a des Anges en Terre,
Vous parlez d'vn mortel nouuel Ange des Cieux?

G. BAVSSONNET.